이제 곧 죽습니다 4

일러두기

1. 이 작품은 픽션입니다. 등장인물 및 단체명은 실제와 아무런 관련이 없습니다.
2. 만화적 재미를 위해 입말체는 저자 고유의 표현을 그대로 살렸습니다.

Contents

chapter 34 _____ 금방 갈게요, 엄마   05

chapter 35 _____ 그 정도는 해줄 수 있잖아   29

chapter 36 _____ 진짜 알맹이   65

chapter 37 _____ 엄마   93

chapter 38 _____ 죽는 것보다 더 괴롭다   119

chapter 39 _____ 이 몸의 정해진 운명대로   141

chapter 40 _____ 뭐하는 사람이지?   167

chapter 41 _____ 저 책, 읽었어요?   193

chapter 42 _____ 누군가에게 하고 싶은 이야기   215

chapter 43 _____ 더 살고 싶은 이유   239

chapter 44 _____ 어차피 죽을 사람   265

i will die soon

이제곧
죽습니다

금방 갈게요, 엄마

찢어진 옷을 입고 사람들
있는 곳에 나가면 괜히
의심받을 것이 분명했다.

어차피 그 아저씨도
죽었으니

다시 이 집에 와서
옷을 찾아 입기로 했다.

하아…
피곤하네.

하긴 그 난리를 쳤으니
피곤할 만하지.

그냥…

이렇게…

멍청한 인간.

돈만 줬으면 가족들이 받아줬을 텐데.

욕심을 너무 부렸네.

그나저나…

하아..

저 큰 걸 계속 갖고 다니긴 피곤한데…

나도 이제 저놈을 가지고 뭘 어떻게 해야 하나?

은행에 입금… 하는 건

역시 어렵겠지?

저 정도 거액을 한 번에 입금하려고 하면

은행에선 국세청에 보고할 테고.

국세청에선 분명히 자금 출처를 따지고 들 테니까.

그리고 난 지금 소년교도소에서 막 출소한 몸이잖아?

제대로 설명 못 하면 잡혀가서 조사 받을지도 몰라.

죽기라도 해버리면 다음 번 몸에선 찾을 수 없게 돼버리잖아?

게다가 만약 지금 몸 주인의 이름으로 된 계좌에 돈을 넣어놨다가

뭘 하든 일단 죽음을 확실히 피하고 나서 해야 해.

하아…

그럼 결국 이 돈을 끌어안고 살아남아야 하는 건가?

죽음을 피하려면

일단 이 몸 원래 주인.

조태상이 가지 않을 만한 곳에 가야 한다.

이놈이 원래 살던 곳이 아닌 완전히 다른 도시로.

찐라면

그리고 거기에 집을 구해서 지내야지.

막 출소한 놈이 집을 사는 건 말이 안 되니까…

그냥 싸구려 월세 오피스텔이나 구해서 거기 처박혀 있는 거야.

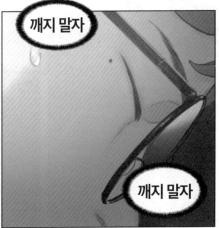

잠깐,

이거 내 폰 아니잖아.

아무것도 아니야.

그냥 무시하면 돼.
그냥…

……

그 생각 그대로,
그냥 무시해도 됐다.

엄마

그런데 이재는
자기도 모르게

꿀

여보세요…?

전화를
받아버리고 말았다.

…어…네….

아들?

이재가
대답을 하자

조태상의 엄마는
마중을 못 나갔던 사정을
조잘조잘 떠들기 시작했다.

엄마가 다니는 직장에
갑자기 큰일이 생겨서
마중을 못 나가게 되었고

대신 외삼촌한테 부탁했는데
외삼촌이 어제 술을 퍼마시고
뻗어서 마중을 못 나갔단다.

그리고 그걸 방금 전에야
알게 돼서 지금 부랴부랴
전화한 거라고 했다.

우리 아들 번호가
없어지는 게 싫어서
해지를 안 해놨는데,

그러길 잘 했다고
태상의 엄마는 웃으면서
말했다.

그래서 전화가
되는 거였군…

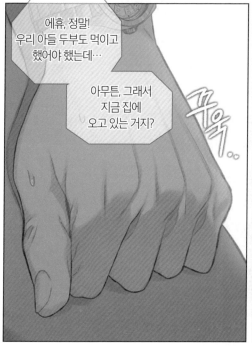

에휴, 정말!
우리 아들 두부도 먹이고
했어야 했는데…

아무튼, 그래서
지금 집에
오고 있는 거지?

꾸
욱
..

아, 그게…

어쩌지…?
뭐라고 해야…

25

빨리
보고 싶다.

우리 아들.

그 말을
듣는 순간

처음 전화를
받았을 때처럼

이재는 자기도 모르게
대답을 해버리고
말았다.

이제곧
죽습니다

chapter_____35

그 정도는 해줄 수 있잖아

덜컹

덜컹

내가 왜 그
전화를 받았지?

아니…
내가 왜 간다고
대답했지?

덜컹 덜컹

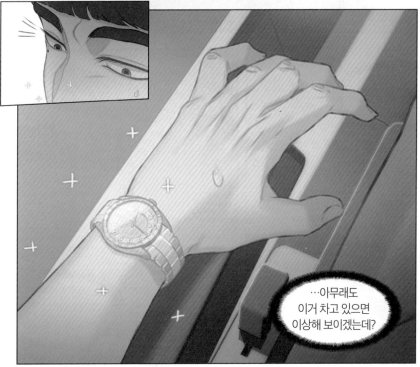

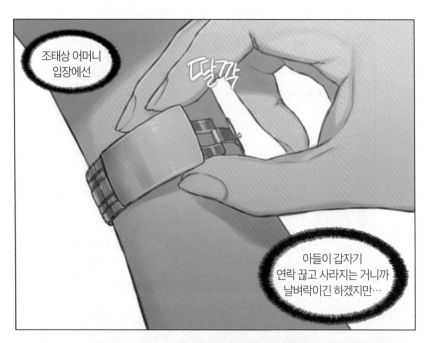

조태상 어머니 입장에선

딸깍

아들이 갑자기 연락 끊고 사라지는 거니까 날벼락이긴 하겠지만…

뭐, 그래도 원래 죽을 운명인 아들인데

지익

죽는 것보단 어디서라도 살아 있는 게 그래도 낫지 않겠어?

쏙

아니야. 그래도 그러기 전에 얼굴 한 번 정도는

보여줄 수도 있는 거지.

그래,
얼굴 한 번만
보여주고

사라지자.

멀리.

조태상네
동네로 가려면…

한참 더 가야겠네.

그나저나
이건 어쩌지?

조태상 집까지
들고 가는 건
영 아닌 것 같은데

아!

텅-

물품보관함
Coin Locker 物品保管函

지잉

요샌 비밀번호만
외워놓으면 되는군…

시스템 관리번호 : XX~XX~
함 종류 : 단기 보관 함
함번호 용산역 17번
사용 요금 : 2,000원
비밀번호 : 95890905

하도 옛날에 써봐서
보관함 키를 어디
묻어놔야 되나 했는데.

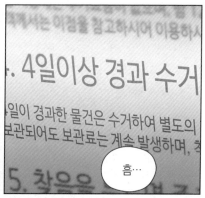

하, 지금 내가 뭐하고 있는 거지?

이건 원래 계획과 정반대잖아.

생판 알지도 못하는 남의 엄마를 만나러 가고 있다니…

…진짜 엄마는 만나지도 못하면서.

만난다고 해도, 대체 뭐라고 해야 할까?

'처음 보는 얼굴이겠지만,

저는 얼마 전 죽은 당신 아들입니다'라고?

갑자기 나타난
이놈의 정체는,

조태상이 학창 시절
같이 다니던 일진
무리 중 한 명.

감옥에 가게 된
그 폭행 사건 때도
함께 있었던 놈이었다.

칙

칙

아무튼 진짜
X나 오랜만이다.

고생 많이 했겠네.

절뚝

절뚝

절뚝

절뚝

어, 어…
다 왔어.

요 앞이야.
금방 갈게.

휴… 그래,

얼굴만 보여주고
가자. 얼굴만.

저기 학생…?

네? 어?

아까그
아저씨…?

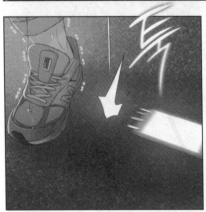

뭐야 이거…

아침부터
기다렸는데

왜 이렇게
늦게 왔어?

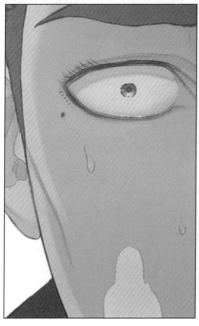

나 기억 안 나?

그때…
그 폭행당했던…?

이제 기억났나?
섭섭하네.

난 네가
출소하는 날만
기다렸는데.

하아..

왜…
이런 짓을…?

하아..

이렇게 대놓고
죽음이 기다리고 있는
곳에 와서…

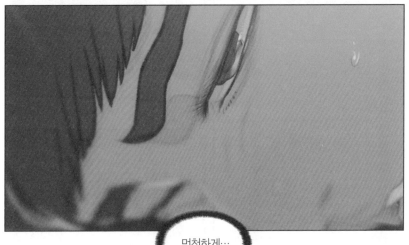

멍청하게…

최이재, 죽다.

하아아…

왔네?

내 돈가방…!

4. 4일이상 경과 수거

4일이 경과한 물건은 수거하여 별도의 장소
보관되어도 보관료는 계속 발생하며, 착불로

이번엔 그래도
꽤 버틴 것 같은데?

싸.

뭐?

i will die soon

이제곧 죽습니다

chapter _____ 36

진짜 알맹이

그, 그냥.

우리가 정답게
담소 나눌 만큼 살가운
사이는 아니잖아?

그러니까 그냥
빨리 다음번으로
넘어가자고

응?

......

맞아.

움찔

!?

…모르나?

아니면 내가
뭘 하든 상관이
없는 건가?

우리가 그런 살가운 사이는 아니지.

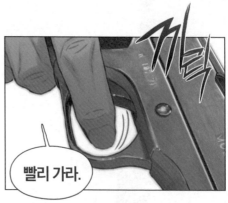

빨리 가라.

그래!

좀 보내주라!

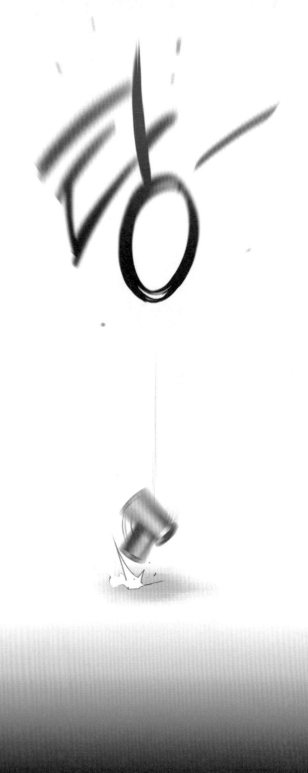

저, 그럼 갑니다!

볼일이 좀 있어서!

야, 야!

옷은 갈아입고 가야지!

아니…
저놈 갑자기 왜 저래?
미쳤나?

역까지 빨리 가야 해…!!

지금 4일이 지난 건가?

그때 날짜가 며칠이었지?

모르겠다! 아 씨!

역시 가서 확인하는 수밖에 없겠어!

기사님! 빨리 가주세요!

헉…!!

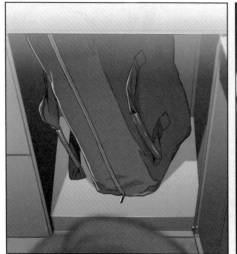

지익—

하아…

됐다.
안 늦었네.

근데,
모델 알바라고?

이번 몸은
어떻게 생겼는데
그런 알바를 하지?

두리번

이거 들고는
불안한데!?

정보 입력을
시작합니다.

이름 장건우.
나이 26세.

어릴 때부터 잘생긴
얼굴로 사랑받으며
살아왔다.

유치원부터

초등학교

중학교

고등학교

대학교까지

끊임없이.

그는 언제나…

많은 남학생들의
첫사랑의

첫사랑이었다.

GGU
LCH
A N

군대를 다녀와서
학교에 복학했을 때도,
다른 동기들이

어린 후배들은
우리 같은 복학생을
싫어한다고 했을 때···

건우 선배~

그렇지만 신이 그에게
모든 걸 다 주지는
않았는지

공부는 그다지
잘하지 못했다.

사실 잘하려고
한 적도 없다.

그는 공부 외에도
그다지 잘하고 싶은게
없었다.

아니, 사실 그는
뭐가 됐든 노력하고 싶은
마음이 없었다.

그래서 그는
대학을 졸업하고도
진로를 정하지 않고

그저 알바 정도만
하면서 살고 있었다.

하지만 그는
카페 알바를 하면 가게
매출을 껑충 뛰게 만들 정도의
외모였다.

그래서 그가
그만두려고 하자

사장이 그를 붙잡으며
시급을 두 배 이상 올려줬고,
그는 알바를 계속하기로 했다.

찰칵

게다가 옷 장사를 하는
지인들이 한 번씩
모델 알바를 하라고
부르곤 했다.

찰칵

그런 식으로

찰칵

찰칵

찰칵

잘생겼다는 이유로
벌 수 있는 돈이 많았다.

그는 사람들에게
인기가 많았고

그래서 외로울 일도
없었다.

하고 싶은 일은
없었지만

order

가볍게 하는
알바만으로 돈을
충분히 벌고 있었다.

아무
문제없었다.

깊이 고민해야 하는 걸
싫어하는 그에겐 아주
좋은 상황이었다.

그런데 이상하게도
그는 고민하고 있었다.

이렇게 계속
살아도
되는 건가?

사람들은 내
껍데기만 보고
좋아해준다.

내 안에 알맹이는
아무것도 없는데.

물론, 그걸
안 들키면
되겠지만…

문제는,
나는 내 알맹이를
안다는 것.

…그리고 그게
내 마음에
안 든다는 것.

그렇게,
건우는 고민을 하면서도
아무것도 하지 않고
살아가고 있었다.

…정보 입력을 마칩니다.

알맹이?

그런 것도 이런 번듯한 껍데기라서 고민할 수 있는 사치지.

남들은 누추한 껍데기에 뭐라도 덧칠하느라 정신없는데.

이제 곧 죽습니다

chapter_____ 37

엄마

덜컹

덜컹 덜컹

열차와 승강장 사이

3112

덜컹

덜컹

그런데 역시
눈높이가 다르네.

뭔가 손잡이 잡는
느낌도 다르고…

키 큰 놈들은
이런 세상에서
살았던 건가.

지금 최이재는…

진짜 자신의
어머니가 있는 곳으로
가고 있다.

어머니와
단둘이 살던
그 집으로.

한 시간 전

BURGER 왕

우적

우적

한꿈

이제
이 돈으로 살아남아야
하는 건가.

원래 몸의 주인이
했을 만한 것들을
하지 않는 것.

그게 살기 위한
내 계획이었다.

앙

그렇게 계획은 해놓고
정작 지키지 않아서
죽어버렸지만…

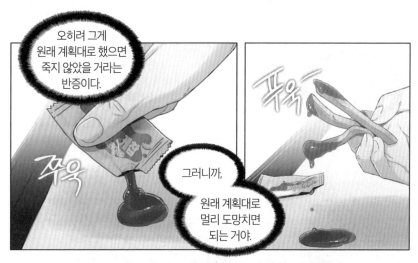

오히려 그게 원래 계획대로 했으면 죽지 않았을 거라는 반증이다.

푸욱~

그러니까,

원래 계획대로 멀리 도망치면 되는 거야.

멈칫

그런데 잠깐…

사고사나 타살이라면 그렇게 피할 수도 있겠지만…

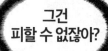

그건 피할 수 없잖아?

애초에 죽음의 원인이 몸 안에 있다면?

이미 병에 걸려 있거나 건강이 악화된 상황이라면?

99

그런데 내가 왜
이제 와서 욕심내면서
버둥거리고 있는 거지?

애초에 이런 게
하기 싫어서 그렇게
죽었던 거잖아.

이번이…

8번째
총알이구나.

13개 중에
절반도 안 남았잖아?

103

…엄마한테
갖다 주자.

그래,
이 정도 액수면

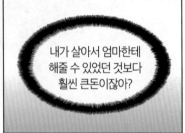

내가 살아서 엄마한테
해줄 수 있었던 것보다
훨씬 큰돈이잖아?

하긴,
그 아저씨도

그런데…

엄마랑 만날
자신은 없는데…

돈 핑계로 자기도
원래대로 돌아가려고 해서
다 망한 거잖아?

그리고
그렇게라도 하면

나도 그냥
다른 생각 하지 말고

몰래 돈만
놓고 오는 거야.

조금은…

조금은 마음이
편해질지도 모르고

현재

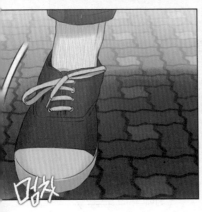

미치도록 익숙한
동네 풍경들.

아니, 정확히는
익숙한 동네 풍경들
때문에 내가
미쳐버릴 것 같은
기분이다.

그리고 두렵다.

혹시라도
엄마를 마주칠까 봐.

나도 안다.

엄마가 사는 집에
가면서 엄마가
나타날까 봐
두려워하다니.

이런 멍청한 놈이
또 어디 있을까?

하긴 죽음이 기다리고
있는 곳에 가서
굳이 죽었던 놈이니

놀라울 것도
없지만.

도착했다.

예전엔 우리 집이었던,
지금은 엄마 집인 곳.

다행히도 지금
집은 비어 있다.

그냥…

문 앞에
놔두고 갈까?

아냐. 괜히 그랬다가
누가 집어가면
끝장이잖아.

안에 넣고
가야지.

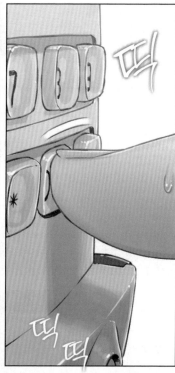

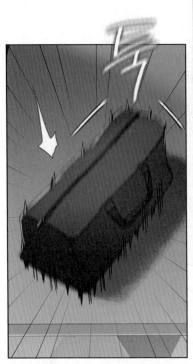

왜 이렇게 힘들지?
그냥 늘 보던
우리 집인데.

…아니, 그래서
힘든 건가.

후우…

당신 뭐야?

깜짝

그 집 사는 사람
아니잖아?

거기서
왜 나와?

슬금

슬금

그… 그게…

헉… 가,
같은 층 아저씨?
오랜만이네…

아이고, 학생.
미안해요.

내가 실수로
비닐봉지를
놓쳐서…

…!!

엄…마?

이제곧 죽습니다

chapter_____ 38

죽는 것보다 더 괴롭다

엄마를…

정말 오랜만에
보는 거였다.

죽고 나서
처음 보는 것이기도
했지만…

사실 죽기 전에도
엄마를 본 지
한참 됐었다.

내가 정신없다고,
힘들다고,
바쁘다고…

그럴 때마다
가장 먼저 우선순위에서
제외되는 건

늘 엄마였으니까.

분명히 내
두 눈으로 직접
보고 있었지만

마치 꿈을 꾸고
있는 것 같았다.

꿈에서
봤을 때보다 더.

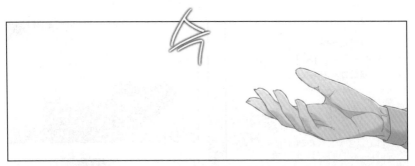

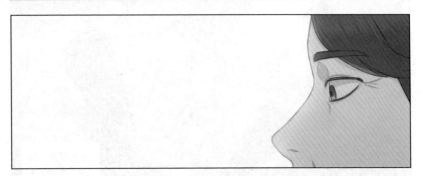

하지만…

역시 기분이
너무 이상하다.

엄마가 나를
코앞에 두고도
못 알아본다는 건

전혀
상상도 못 해본
상황이니까.

어휴,
왜 갑자기
손에 힘이 풀려선.

엄마
얼굴이…

…언제
이렇게 상했지.

설마…
내가 죽어서…?

두근

꾀익…

두근

그럼…

그래요~

이만
가보겠습니다.

엄ㅁ…

멈칫

아니, 저기요!

?

아…?

그래~

학생도 건강히
오래 살아~

미안, 엄마.
난…

이제
곧 죽어.

또.

이재는 결심했다.
이게 엄마와의 마지막
만남일 것이라고.

또 죽는 것보다
다시 엄마를 보는 게
더 괴로웠으니까.

머릿속에 입력돼 있던
기억에 의존해서

원래 이 몸의 주인,
장건우가 살던
오피스텔까지 왔다.

그 가방에 든 돈이면
엄마 혼자 충분히
잘살 수 있을 거야…

분명히…

하아,
이제 그만
생각하자.

일단…
좀 씻어야겠어.

잘생긴 놈
메신저 상태는
이렇구나.

참…

서은혜

밀어서 통화하기

우왕

우왕

여보세요?

야~ 장건우!
톡 왜 안 봐!

뭐해?

뭐야, 또 여자야?
인기도 많네.

i will die soon

이제 곧 죽습니다

chapter_____39

이 몸의 정해진 운명대로

하긴,
원래 나는 인싸랑은
거리가 멀었으니까…

사실 애들도
원래의 나였으면

건우야.

접점도 없었을 것 같은
사람들인데…

뭐야?
자기 이름으로
대답해?

포X몬이야
뭐야?

맞다, 장건우…
그게 지금
내 이름이었지.

……

오늘 좀 평소랑
다른 거 같은데?
말도 잘 안 하고.

왜 이렇게
어색하게 굴어?

내가 어색해?

아니… 뭐…

당연하지. 난 오늘 널 처음 봤으니까…!

그런데 뭐, 이런 것도 나름 귀엽네.

엉…?

뭐지?

원래 내가 이러고 있었으면 바로

가차 없이 '피곤하면 먼저 들어가' 소리 나왔을 텐데?

그 순간,
갑자기 김귀찮이
방송에서 했던
얘기가 떠올랐다.

아무튼 나같이 생긴 애들은
술자리에서 관심을 조금이라도
받으려면 끊임없이
입을 털어줘야 해.

입을 다물고 있어도 되는
애들은 어떤 애들인 줄 알아?

당연히 잘생기고
키 큰 애들이지 뭐겠냐.

아… 그게
진짜였네.

덜 마셔서
그런가 봐~

짠 하자!

잔 들어!

그래…

한 번도 겪어본 적 없는
'인싸'의 삶인데…

151

…에?

어휴, 목소리 보니 여태껏 잤네.

지금 몇 신 줄 알아?

11:30

카페사장님

아… 알겠습니다.

네… 곧 나갈게요.

아오… 머리 아파…

내가 출근을
왜 하냐?

어차피 곧
죽을 건데.

…잠깐.

네가 죽어서
이곳에 돌아왔는데

만약에
그 죽음의 이유가
너 자신이라면…

내 손으로
직접 너에게
죽을 것 같은 고통을

죽지도 않고
계속 겪게 해주지.
알겠어?

이제 남은 총알을
최대한 빨리 다 쓰는 걸
목표로 바꿨지만…

그렇다고
빨리 죽기 위해서
스스로 목숨을
끊을 순 없다.

지금도 충분히
고통스러운데,
그렇게 협박까지
할 정도면…

파르르

대체…

아무튼 스스로
목숨을 끊지 않고
죽는 방법은 단 하나.

이 몸의
정해진 운명대로
죽는 것이다.

그러려면
이 몸 주인,

장건우가 원래
살던 대로 살아가야
한다는 거지.

팅~

죽음을 피하려고
세웠던 계획의
정반대로…

…젠장.

뻑뻑

그럼
알바 출근해야
한다는 거잖아.

장건우가
원래 하던 대로.

155

맛있게 드세요~

네~
고마워요~

날 쳐다보는
손님들의 얼굴을
보니

뽀득

무슨 말인지
알 것 같았다.

톡

뽀득

서빙을 할 때에도

커피 나왔습니다.

죄송합니다!

심지어 실수를 했을 때도

더치 한잔 맞으시죠?

네..!

카운터에서 주문을 받을 때도

나를 보는 손님들의 표정이 모두 밝았으니까.

어서오…

주문 안 받아요?

아… 뭘로 하시겠어요?

아이스 아메리카노 한 잔.

네, 알겠습니다.

163

그리고 가장
차가운 얼굴이었어.

잠깐, 뭐냐…

나 지금 고작
차가운 표정에
놀란 건가?

여자들이 날
쳐다보는 표정은
원래 저게
기본 값이었잖아.

최이재,
정신 차리자…

그때는 몰랐다.

나중에 우리가
서로를 어떤 표정으로
바라보게 될지…

이제 곧
죽습니다

chapter_____40

뭐하는 사람이지?

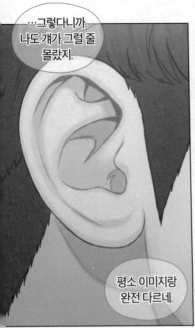

나도 내가
손님일 땐

…그렇게 다른 사람이랑
제대로 얘기를
나눠본 지도 오래 됐네.

카페에서 일하는 사람들은
신경도 안 쓰고 이런저런
얘기들을 많이 했었는데.

어제 그 애들이랑
모여서 술 마시면서
얘기를 나누긴 했지만…

남의 몸으로
내 얘기를 할 순 없으니,
듣기만 했지.

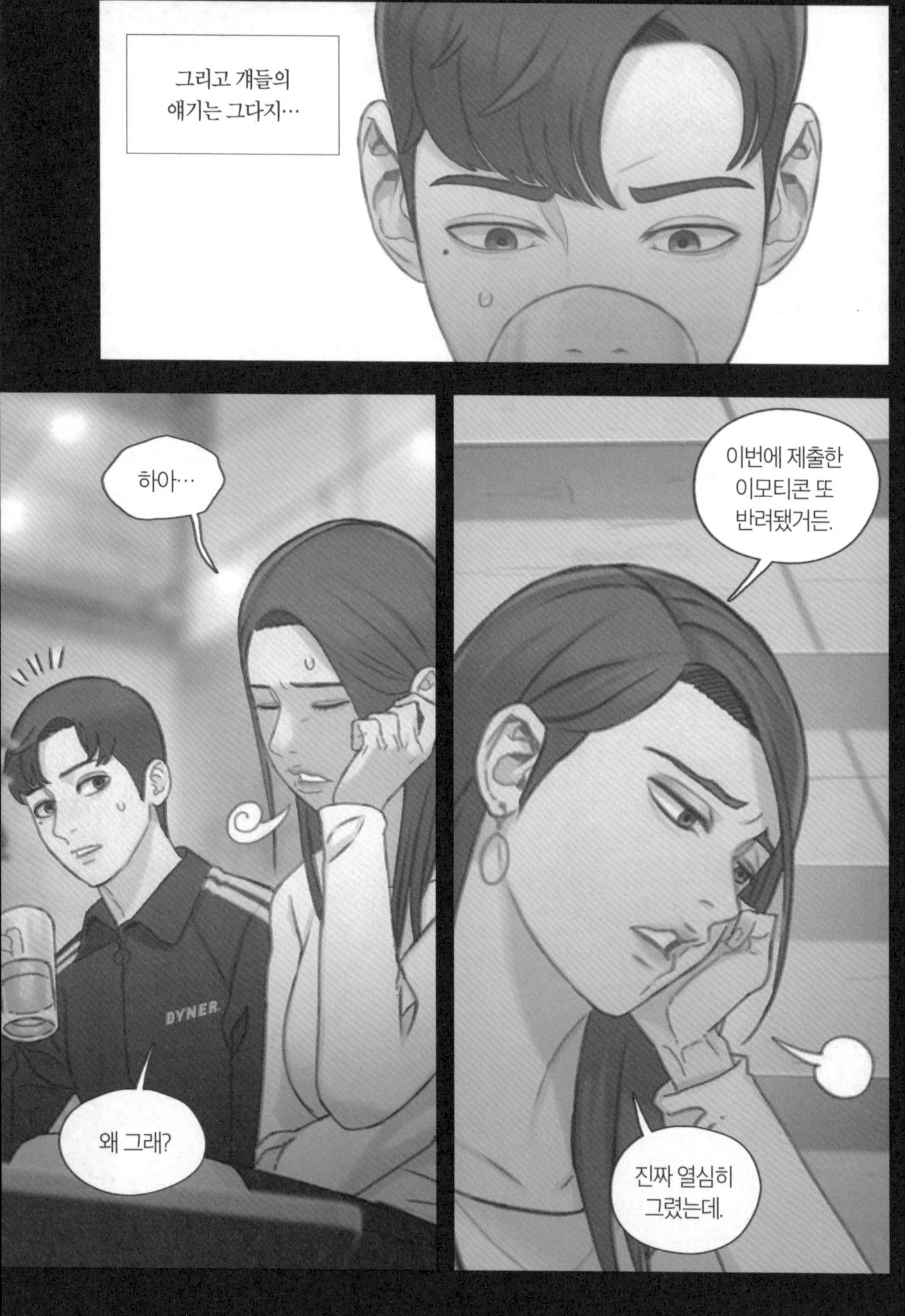
그리고 걔들의
얘기는 그다지…
하아…
왜 그래?
BYNER.
이번에 제출한
이모티콘 또
반려됐거든.
진짜 열심히
그렸는데.

171

애는 자기를
유X브 크리에이터라고
했다.

하지만 구독자 30명.
영상 조회 수
평균 20회…

수익창출 불가는
둘째 치고 보는 사람이
거의 없는 채널.

[VLog] (일상) 날이 좋아 벚꽃 찍으러 왔어요!
앞에서 벚꽃이 정말 예뻐요! #벚꽃 #나의_낭만_일기

[VLog] (일상) 맛집! 배터지게 먹고 돌아온 날!
맛집에서 배터지게 먹고 온 솔직한 후기! ##안보면_섭섭해요 #맛집후기

[VLog] (일상) 우리집 앞 호수 공원이 유명한 이유
집 앞 공원이 정비가 잘 되어있어 산책하기 좋네요. #미세먼지 #맑은공기

영상은 거의 다
맛집이나 카페,
SNS에서 유명한 곳에 가서
노는 브이로그뿐.

[VLog] (일상) 저의 일상을 공개합니다!
제 인생 첫 자취방 공개! 많이 기대해주세요! #추천 #꼭 #해주세요

175

그런데 패션 사진이라고
찍어 올리는 건
전부 부모 돈으로 산
명품으로 빼입고

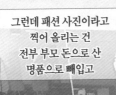

부모 돈으로 산
비싼 카메라로
똑같은 구도로 찍은
사진들 뿐…

물론 팔로워나
좋아요 수는 일반인과
다름없는 수준이었다.

…그냥 돈 많이 쓰고
자랑 많이 하는
백수…?

177

난 퇴직금 쓰고 있어.
지금 거의 다
쓰긴 했는데…

아직 젊거든!

우리
엄마 아빠가…

그래도 유X브 채널
구독자수 10만 채워서
은색버튼 받을
정도만 되면

대기업
다니는 거보다
더 많이 벌수 있대!

계속
돈 벌고 계시니깐
신세 좀 지는 거지.

그래도 팔로워만
많이 늘리면

광고 사진
한 장 올리고
100만 원 넘게
번다던데?

크으~!

뭐야 이건…

무슨 도박꾼이 따서
갚으면 된다고
하는 것도 아니고…?

타탁
타탁

!

타탁
탁

저 여자는 뭘 저렇게
하고 있는 거지?

평일인데…
점심시간도 한참
지났고..

그럼 먼저
가볼게요~

어~ 수고했어~
내일은 늦지 마!

그런데 그 여자, 엄청 오래 있네… 뭐하는 사람이지?

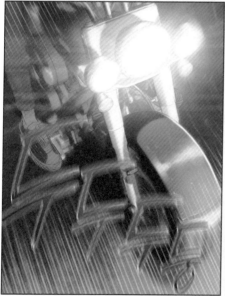

삐아앙

!

…그러니까
대체 뭐하는
사람이냐고?

다음 소식입니다.

xx구의 한 아파트
가정집에서

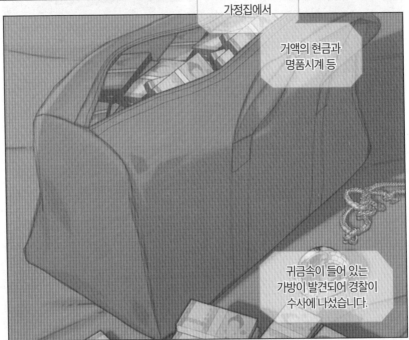

거액의 현금과
명품시계 등

귀금속이 들어 있는
가방이 발견되어 경찰이
수사에 나섰습니다.

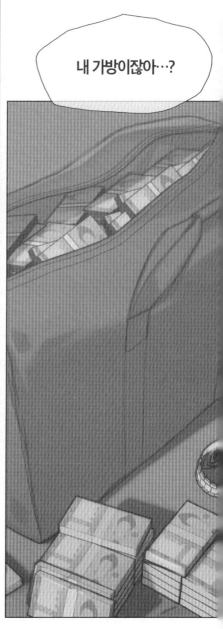

이제곧 죽습니다

chapter 41

저 책, 읽었어요?

내가 분명히
봤다니까.

처음 보는
사람이 그 집에서
나오더라고.

저 아저씨는…

내가 뭐냐고
물어보니까 부리나케
도망쳤어.

SBC

그런데
도둑질한 게 아니라
돈을 두고 갔다고?

SBC

허… 그럴 거면
우리 집에나
올 것이지…

…이후 집주인
박정심 씨는 외출을 하고
돌아온 집에서

SBC
NEWS

XX구 가정집에서 의문의 돈가방·귀금속 발견

출처를 알 수 없는
돈 가방을
발견했습니다.

박정심…!?

엄마?

놀랐죠.

혼자 사는 집인데 누가 그렇게 몰래 들어와서 가방을 두고 갔는지…

박정심 / XX

혼자 사는 집인데 누가 돈가방을 두고 갔는지…

그리고 그 가방에 현찰이 잔뜩 들어 있어서 더 놀랐지.

그래서 바로 경찰에 신고했어요.

멈칫

왜 그런 거야!

그냥 가졌어야지!!

엄마가 직접 신고한 거라고…?

왜…!?

마치 그런 내 말에
대답이라도 하는 듯,
엄마의 인터뷰가
이어졌다.

내 것이
아니니까요.

당연한 거
아니에요?

SBC

SBC 오성주 기자
어떻게 바로 신고 하실 생각을 하셨습니까?

아무리 없이 살아도
내가 베풀면 베풀지

남의 것을 탐내진
않았어요.

…!

그리고 누가 와서
그냥 준다고 해도
못 받죠.

그런
큰돈은…

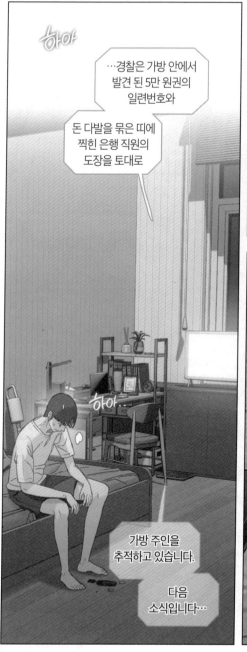

하아

…경찰은 가방 안에서 발견 된 5만 원권의 일련번호와

돈 다발을 묶은 띠에 찍힌 은행 직원의 도장을 토대로

하아…

가방 주인을 추적하고 있습니다.

다음 소식입니다…

답답함과 허무함이 밀려왔다.

하아..

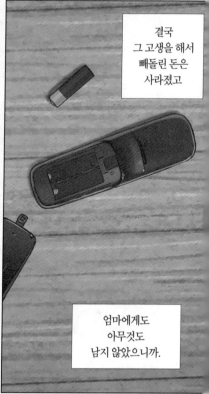

결국 그 고생을 해서 빼돌린 돈은 사라졌고

엄마에게도 아무것도 남지 않았으니까.

냉장고 문 오래 열고 있지 마!

물 틀어놓고 양치하지 마!

싸아아-

그렇게 아끼고 살면서 돈, 돈 그러던 사람이…

왜…?

내 것이 아니니까요.

당연한 거 아니에요?

아무리 없이 살아도

하실 을 하셨습니까

내가 베풀면 베풀지 남의 것을 탐내진 않았어요

아니 애초에…
알고 싶어 하긴
했었나?

젠장…

이런 거
별로 생각 안 하고
싶으니까…

톡

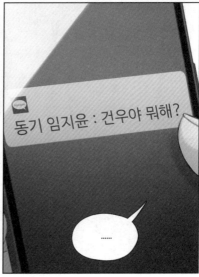

동기 임지윤 : 건우야 뭐해?

……

근데~
갑자기 왜
만나자고 한 거야?

무슨
생각으로?

…그냥,
아무 생각 안 하고
싶어서.

메시지를 보냈던 애한테
그냥 바로 만나자고
연락을 했다.

당장 뭐라도
해야 할 것 같았다.

말한 대로,
아무 생각도 안 하고
싶었으니까.

그나저나 혼자서
잘도 조잘거리네…

그리고
며칠 전에…

잘은 모르겠지만
원래 장건우는

얘 연락에
답도 제대로
안 해주던 것 같은데…

…그랬더니
걔가 나한테
고백하는 거 있지?

참 나
어이가 없어서~

자기가
나에 대해서
뭘 안다고

멈칫

갑자기 왜 이래?
너 미쳤어?

…미안해.

내가 오늘
상태가 안 좋다.
먼저 들어갈게.

뭐야 대체?

미친X아!

이럴 거면
왜 보자고 했어!

내가 더러워서
이제 연락 안 한다!

다음 날이 돼서
카페에 출근도
했지만…

여전히,
아무 생각 안 하고 싶은
기분이었고

당연히,
머릿속은 생각으로
복잡했다.

하아…
차라리 바빴으면
좋겠는데

오늘따라 왜
손님도 안 오냐…

책이나
읽을까…

정지수 장편소설

서랍 속의 밤

허니출판사

i will die soon

이제곧
죽습니다

chapter_____42

누군가에게
하고 싶은 이야기

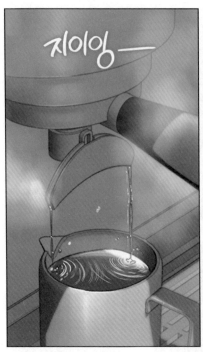

지이잉—

이 일도 며칠 했다고 좀 익숙해졌다.

그래도 난생처음 해보는 일이라 티가 날까 봐 걱정이 됐는데…

야~ 건우 요새 일하는 실력이 늘었어.

아주 열심이야! 맘에 들어!

딸랑~

그럼 나 나가서 일 좀 보고 올게~

네…

…오히려 칭찬을 듣고 있다.

원래 장건우가 어지간히 일을 대충 했나 보다.

슥슥

그런데 저 사장은 맨날 나돌아다니네.

가게를 돌봐야지…

따랑~

슉

어서오세요~

정지수 장편소설

서랍 속의 밤

저 손님은 매일 이때쯤, 점심 손님들이 빠지고 나서 여유로운 시간에 나타난다.

그리고 아이스 아메리카노를 시키고

한참 동안 노트북으로 뭔가를 하며

커피나 음료를 몇 잔은 더 마시곤

내가 퇴근할 시간 쯤 돼서야 간다.

뭐 하는 사람인지 아직도 모르겠네…

흠… 그냥 백수인가?

뭐 필요하신 거
있으세요?

아뇨.
…뭐 찾으시나 봐요?

아…
이걸 재밌게
봐서요

서랍 속의 박
기적을 만들다

이 작가가
쓴 책이 또 있나
보고 있어요

피식

거기 옆에,
그 빨간색 표지
책도 같은 작가가
쓴 거예요.

…일부러
이러는 거죠?

아, 그러네.

손님도 이 작가
책 읽으셨나 봐요.

어떻게
바로 아시지…

…?

예?
뭐요?

저벅

내가 그 책 쓴
작가인 거 알고

일부러 이러는 거
아니냐고요.

아닌데요??

…저야 이분이
말해주셔서
알았죠.

흠…

저는
다 아시고 제 앞에서
일부러 그러는 건 줄
알았어요…

제가 오해해서
죄송해요.

아니에요
오해할 수도 있죠

아무튼
작가님 소설 재밌게
잘 봤어요

고마워요…

맨날 오셔서
뭐하시는 건가
했는데

글 쓰고
계신 거였구나…

대단하다…

그런 녀석들하고는
완전 다른 사람이야.

그 토끼가
사는 법

정지수 단편집

허니출판사

아니…
나 같은 놈하고도
다른 사람이겠지.

그 순간

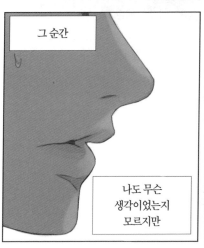

나도 무슨
생각이었는지
모르지만

저기, 사실 저도
소설로 써보고 싶은
아이디어가 있어요.

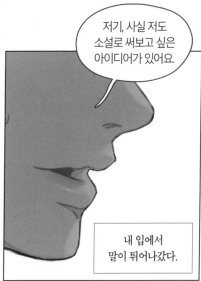

내 입에서
말이 튀어나갔다.

i will die soon

이제 곧 죽습니다

chapter_____43

더 살고 싶은 이유

그리고 내가
권혁진의 몸에
들어가고

그녀가
입을 뗐다.

저기

이름이
뭐라고 했죠?

최…

아,
장건우요

결국
한준성에 의해 죽었던
순간까지 얘기했을 때

건우 씨.

왜요?

…지수 씨?

솔직히,
저 별로 기대
안 했어요.

한 번씩 자기가 구상한
이야기를 얘기해주는
분들이 있는데,

대부분
별로였거든요.

그런데
건우 씨는 꼭…

자기가 직접
겪은 것처럼 리얼하게
얘기를 잘 하시네요.

그럼요!
더 있죠.

얘기해
드릴까요?

아, 아니요.

저도 이제
제 이야기를
써야 해서.

아… 죄송해요.
제 이야기가 너무
길었죠…

이야기가 길면
나눠서 해주면 돼죠.

내일 또
해줘요.

이 몸에
들어온 후,

나를 보며 웃는
여자들은 많았지만

모두 장건우의
얼굴을 보고
그런 것이었다.

하지만 이 사람은
웃지 않았다.

아니, 오히려 더
차가운 얼굴이었다.

그런데
그 사람이 지금
저렇게 웃고 있다.

내가 하는 이야기를
듣고 나서…

이름이요?

…이재요.

최이재.

최이재?
평범해서 좋네요.

진짜
있을 것 같아서.

최이재…

그녀의 입에서 나온
내 진짜 이름을 듣는
그 순간…

나는 내가
진짜 있다는 기분이
들었다.

그건…

아니죠.

그럼,
내일도 얘기
해줄 거죠?

그럼요
꼭 얘기 해야죠.
내일도

그렇게, 우리는
처음으로 카페 밖에서
만나게 되었다.

오늘 하루는

즐겁다라고밖에
설명할 수 없는,

그런 날이었다.

그럼 이제
그다음엔 어떻게
돼요?

그게…

나는 지금까지
내가 겪은 죽음을
모두 말해주었다.

아직 생각 못했어요.
그다음에 어떻게
될지는…

그럼 계속
생각해 봐요.

생긋

나도 진짜 모른다.
이제 어떻게 될지.

아직
죽지 않았으니까…

생각나면 나한테
또 얘기해주면 되지.

그래요.
또 해줘야지.

261

그 사람한테
계속 해주고 싶다.

내 이야기를.

잠깐만…

i will die soon

이제 곧
죽습니다

chapter_____44

어차피 죽을 사람

결국,
나는 죽을 상황에
처하게 됐다.

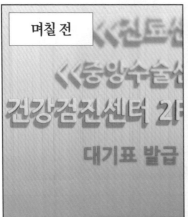

며칠 전

건강검진센터

후…

그날 이후

나는 바로
예약을 잡고

그 이튿날
건강검진을 받으러 왔다.

혹시나 죽음의 이유가
병이 아닐까 하는
생각이었다.

하지만…

일단,
이번 죽음의 원인이
지병은 아닌 것 같다.

혹시나 원한..
특히 치정 관계에 의해

살해당하는 건
아닐까 싶어 알아봤지만…

뭐?

너를 죽일 만큼
미워할 사람?

조경현.
장건우와 같은 동네에서
초,중,고를 같이 나온
불알친구.

음…
없지 않겠냐?

찾아본 결과,
장건우의 몇 안 되는
'진짜' 친구 중 한 명.

원래 사람을
그 정도로 미워하려면
밖에서는 안 보이는,

그 인간 속 안의
썩은 면까지 봐야 죽일 만큼
미워지는 거잖아.

흠… 그렇지.

그러니까
당연히 넌 그럴 일이
없을 거란 말이지.

…?

이 친구와의
대화로 알게 된 건

장건우는
알고 지내는 사람은
많았지만

그 사람들하고 그리
깊은 관계로 지내는 스타일은
아니라는 것이었다.

273

정확히는,
깊은 관계에 대한
기대가 없었다.

어렸을 때부터 자신의 겉만
보고도 좋아해주는 사람들이
주위에 너무 많았기 때문에.

…그럼 그만큼
죽일 만큼 깊은
원한도

…보통 사람이 자기가
죽이고 싶을 만큼
미운 사람이 있어도

진짜 죽이진
못하잖아?

생기기 어렵다는
얘기겠지.

야,
그리고 말인데…

그렇지 않냐?

응?

건강도… 인간관계도
별 문제가 없다…

그런데!
아주 놀라운 주장이
제기되었다.

땡구야~ 앞으로
아저씨 말 잘 듣고
건강해야 한다~?

바로 그때!
녀석이 보이질
않는다?!

그럼 결국
사고사인가?

하긴 이 젊은 나이에
갑자기 죽는다면
그것밖엔 없겠지.

하… 대체
사고가 어디서 어떻게
일어날 줄 알고
피하냐고

젠장…

뉴스의 내용은
이랬다.

경찰이 복잡한 과정을 거쳐
결국 돈가방 속 돈다발들이 인출된
은행 지점을 찾아냈고

거기서 김구찬이 최근
거액의 현금을 인출했다는
사실을 발견했다.

그리고 김구찬이
인출한 돈과 발견된 현금의
액수가 같다는 것.

가방에서 함께
발견된 금시계와

김구찬의 집에서 발견된
시계 보증서의 일련번호가
일치한다는 것도…

그래서 결국,
내가 빼돌렸던
김구찬의 돈은

그의 가족들에게로
돌아갔다는
내용이었다.

내가 무엇을 해도
정해진 죽음을 거스를 수
없을 것 같다는 생각이.

그리고 결국
죽을 사람은 어떻게든
죽게 되겠지.

무슨 생각을
그렇게 해요?

기분
안 좋아요?

아, 아니에요.

그냥…

지수 씨와 나는
내가 쉬는 날 빼고는 매일
카페에서 만나 얘기를
나누게 되었다.

괜찮은 거죠?

그럼요.

다행이다.

그래,
죽더라도 그냥 지금을
충분히 누리자.

이 사람이랑
함께 있는 순간을.

시간이 조금만
더 있어서

지금보다 가까이
다가갈 수 있다면
좋겠지만…

주춤

욕심 부리지 말자.

만약
가까워진다고 해도

이 사람에게 상처만 남기는
일이 될 뿐이야.

난 어차피

죽을 사람이니까.

그때는
알 수 없었다.

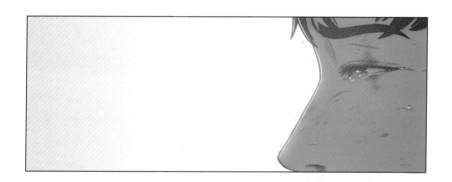

이제 곧 죽습니다 4

초판 1쇄 발행 2024년 2월 5일

글ㅣ이원식
그림ㅣ꿀찬

펴낸이ㅣ김윤정
펴낸곳ㅣ글의온도
출판등록ㅣ2021년 1월 26일(제2021-000050호)
주소ㅣ서울시 종로구 삼봉로 81, 442호
전화ㅣ02-739-8950
팩스ㅣ02-739-8951
메일ㅣondopubl@naver.com
인스타그램ㅣ@ondopubl

■ 이 책 내용의 일부 또는 전부를 재사용하려면
　반드시 저작권자와 글의온도의 동의를 얻어야 합니다.
■ 잘못된 책은 구입하신 서점에서 교환해드립니다.